AF509726

ÉLOGE HISTORIQUE

DE

M. YVON-VILLARCEAU

MEMBRE DE L'INSTITUT

PAR

M. J. BERTRAND

SECRÉTAIRE PERPÉTUEL

lu dans la séance publique annuelle de l'Académie des Sciences
du 24 décembre 1888.

PARIS

TYPOGRAPHIE DE FIRMIN-DIDOT ET Cⁱᵉ

IMPRIMEURS DE L'INSTITUT DE FRANCE, RUE JACOB, 56

M DCCC LXXXVIII

ÉLOGE HISTORIQUE

DE

M. YVON-VILLARCEAU

MEMBRE DE L'INSTITUT

PAR

M. J. BERTRAND

SECRÉTAIRE PERPÉTUEL

Lu dans la séance publique annuelle de l'Académie des Sciences
du 24 décembre 1888.

Messieurs,

Les éloges prononcés depuis deux siècles par vos secré-
taires perpétuels forment un tableau, presque complet,
déjà, des variétés infinies de mérites divers auxquels la
science a procuré une célébrité passagère ou réservé une
gloire à jamais durable.

Les uns, ce sont parmi nous les moins rares, ont comme
écoliers mérité le premier rang; on les a vus briller dans les
examens, triompher dans les concours. Jeunes encore, leurs

preuves étaient faites. Les portes de l'Académie se sont ouvertes pour eux sans qu'ils aient eu besoin d'y frapper.

D'autres, moins dignes de louanges que d'admiration, négligent dans leur enfance la tâche commune des écoliers, terminent sans éclat leurs études qu'ils abrègent, redoutent les examens, fuient les concours, et apparaissent dans les hautes régions de la science sans qu'on les ait vus sur la route. On les regarde avec une légitime défiance. Leur savoir est-il sérieux? Où l'ont-ils puisé? Quel maître répond d'eux? Qui leur a donné licence d'inventer? Ils inventent cependant, démontrent avec rigueur, discutent avec compétence, s'imposent, mais lentement. Heureux s'ils n'entendent pas jusqu'à leur dernier jour reprocher à leur langage, sans qu'on puisse les reprendre d'erreur, l'oubli volontaire des traditions qu'ils ignorent et des règles qu'ils n'ont pas apprises.

Tel fut Yvon-Villarceau.

Il naquit à Vendôme le 15 janvier 1813. Son père, ancien négociant, s'était retiré dans cette ville avec une fortune qui, dans une vie très simple, lui permettait l'aisance. Le petit Antoine, intelligent et précoce, fit ses études au collège à partir de la classe de troisième seulement. L'Université, à cette époque, favorisait l'internat. Le collège de Vendôme, pour vaincre la résistance des familles, ne recevait pas d'externes dans les basses classes. M. Yvon, voulant garder son fils, l'envoya dans une institution transformée aujourd'hui en école primaire. Sans se refuser à l'étude, l'enfant lui dérobait le plus de temps qu'il pouvait, il faisait ses devoirs dans un atelier. Tour à tour menuisier, serrurier, tourneur, mécanicien et horloger, pour réussir à tout il n'avait besoin d'aucun maître.

L'Université imposait alors aux professeurs non seulement le respect, mais l'habitude des pratiques religieuses. Sous le règne de Charles X, les exigences s'accrurent; un des maîtres les plus estimés du collège, M. Valette, bon pédagogue mais franchement libre penseur, fut invité à donner sa démission.

La persécution en 1825 s'arrêtait là. M. Valette ouvrit une école libre, on ne se demanda pas si les lois permettaient de la fermer; il y organisa un cours de musique. De cet enseignement nouveau à Vendôme, naquit une Société philharmonique. Yvon demanda à faire sa partie. C'était un basson qui manquait. Yvon obtint de son père la permission d'en acheter un, pas trop cher toutefois et, conséquence probable, de qualité médiocre. Le jeune musicien porta son choix sur un instrument de bonne marque, mais vieux et hors d'usage. Peu lui importe, il a un atelier, il est industrieux, il se sent musicien : en faut-il davantage, quand on a le temps, pour devenir un excellent luthier? Il y réussit, mais le basson devint sa principale étude. Pour se débarasser des autres, à l'âge de quinze ans, il demanda une dispense d'âge, et fut reçu bachelier à Orléans.

Son père, croyant ses études terminées, fit entrer le jeune bachelier comme apprenti dans une pharmacie de Vendôme; mais il n'entendait rien à la vente, on l'engagea à changer de carrière.

Yvon avait perdu sa mère en 1828. Son père, sentant lui-même sa fin prochaine et confiant dans son fils auquel il ne pouvait laisser aucun guide, usa de la faculté accordée par le Code civil pour l'émanciper avant l'âge. Reconnaissant à son fils toutes les capacités nécessaires pour gérer et administrer lui-même ses biens et revenus, M. Yvon, sain de corps et d'esprit, le 9 avril 1829, fit mettre hors de tutelle le jeune Antoine âgé alors de seize ans et trois mois.

Quelques semaines après, l'enfant, libre de toute contrainte, n'avait même pas pour frein le souci de l'avenir. Sa modeste fortune était un danger : il l'envisagea sans effroi et vint habiter Paris.

Une circulaire adressée en 1848 à ses concitoyens du Loir-et-Cher nous apprend quelle fut d'abord sa principale préoccupation.

Dégoûté de la royauté citoyenne, c'est lui qui parle, il s'était fait saint-simonien. Le mauvais vouloir du gouvernement lui rendit la tâche impossible.

Cette tâche surpassait ses forces. Oubliant que nul n'est prophète en son pays, il avait voulu réformer sa ville natale et convertir au saint-simonisme les habitants de Vendôme. Revêtu d'un costume semblable à peu près à celui des écoliers du moyen âge, il monta sur une estrade, et en pleine rue, un jour de marché, il proposa son programme à la foule indifférente et surprise : A chacun selon sa capacité, à chaque capacité selon ses œuvres. Les gendarmes l'interrompirent. Sans consulter le gouvernement, qui n'eut dans cette affaire ni bon ni mauvais vouloir, le juge d'instruction donna au jeune apôtre, qui précisément se trouvait propriétaire de la maison où on le lui amena, le conseil de retourner à Paris.

« Si faible et si obscur qu'on soit, s'écriait à la même époque Mme George Sand, mandée dans une occasion moins grave encore, chez le juge d'instruction de Blois, on peut obtenir de la miséricorde d'un ennemi qu'il vous tue ou qu'il vous enchaîne. »

Yvon, suivant en cela l'exemple de Mme Sand, ne sollicita ni la captivité ni la mort, il ne les aurait pas obtenues ; le juge, ancien ami de son père et qui l'avait connu enfant, lui fit promettre, pour toute persécution, de ne plus prêcher à Vendôme.

De retour à Paris, le jeune saint-simonien vit l'annonce d'un concours d'admission au Conservatoire de musique ; il se présenta sans préparation et fut admis. Attentif à toutes les leçons, assidu à tous les exercices, à la fin de la première année d'études, en 1834, il obtint le prix de basson. Il avait concouru sur son instrument de Vendôme, celui qu'à l'âge de quatorze ans, il avait réparé et perfectionné de sa main. Content de ce succès, il demanda un congé et partit pour l'Égypte avec son ami Félicien David, élève comme lui du Conservatoire. Tourmentés tous deux par une inquiète curiosité de voir et d'apprendre, pressés par le zèle de bien faire, ils allèrent offrir au père Enfantin leur obéissance et leur dévouement.

Fidèle à sa maxime : À chacun selon sa capacité, le *Père* fit agréer à Méhémet-Ali le jeune lauréat du Conservatoire, comme professeur de musique à l'école de cavalerie de Gizeh. Yvon versait les appointements dans la bourse commune avec la plus grande partie de ses revenus personnels. On raconte même que, dans un jour de détresse, Félicien et lui allèrent exercer leur talent dans les cafés du Caire et rapportèrent d'abondants *bachisch*.

Les juges suprêmes de tous les mérites ne devinèrent ni

le génie de Félicien, ni la vocation scientifique d'Yvon. Les
deux amis revinrent en France dégoûtés de l'apostolat,
mais riches de souvenirs, fortifiés par le commerce intime
de quelques esprits éminents et fidèles pour toute leur vie
aux généreuses sympathies de leur jeunesse.

Yvon avait alors vingt-quatre ans; il se présenta à l'École
centrale en ajoutant à son nom, comme pour rompre avec
le passé, celui de Villarceau, emprunté à une terre qu'il
a léguée à la ville de Vendôme. Il fut admis sans préparation comme il l'avait été au Conservatoire. Un tel succès
serait aujourd'hui impossible. Les examinateurs, si le candidat ne satisfait pas aux conditions prescrites, n'ont plus
le droit de l'en dispenser. Ainsi le veut la justice, il est permis de le regretter. Lorsque Poinsot se présenta à l'École
polytechnique en 1794, l'examinateur, après avoir apprécié
par ses réponses en géométrie la finesse et la force de son
esprit, lui proposa une équation à résoudre : « Je ne sais
pas l'algèbre, répondit Poinsot sans hésiter; mais si vous
voulez bien me recevoir, je vous promets d'avoir appris,
avant d'entrer à l'école, le livre entier du citoyen Bezout. »

Poinsot fut admis et devint la gloire de sa promotion.
Si un candidat aujourd'hui osait l'imiter, l'examinateur lui
rirait au nez; il ne faudrait ni l'en blâmer ni l'en louer : il
n'a plus le choix.

Villarceau étudiait avec ardeur et succès, il excellait
surtout aux travaux graphiques. Les épures les plus com-
pliquées étaient pour lui un amusement et un jeu. Une élé-
gante découverte a récompensé son zèle.

Les sections du tore avaient été étudiées, classées et dis-
cutées. Deux séries de cercles sont évidentes. Aucun géo-

mètre n'en avait soupçonné une troisième. Elle existe cependant et Villarceau l'a découverte. En faisant, pour le plaisir d'exécuter un beau dessin, l'épure de l'intersection dans un cas simple, il vit les points du rabattement se ranger sur la circonférence d'un cercle. L'apparence peut tromper, Villarceau le savait, mais le géomètre n'eut besoin d'aucun aide pour démontrer la vérité révélée à l'artiste.

Quand Pythagore, dit-on, trouva le carré de l'hypoténuse, dans l'élan de sa joie il sacrifia cent bœufs. Cette histoire, vraie ou fausse, n'a rien d'invraisemblable.

Qui pourrait cependant définir la beauté, l'élégance, et même, question moins difficile, l'importance d'un théorème de géométrie ? Le problème est délicat : gardons-nous de le résoudre. On nous demanderait bientôt pourquoi une poésie est belle et l'on pourrait en venir à des questions plus mystérieuses encore. La beauté ne s'explique ni ne se discute : c'est le premier, je serais tenté de dire le seul principe de l'esthétique.

Le hasard a écrit un beau théorème sur le cahier d'épures de Villarceau ; en sachant l'y lire et le démontrer il a enrichi la science. Le théorème de Villarceau est classique.

Villarceau, lauréat du Conservatoire, n'était pas considéré comme musicien ; inventeur d'un beau théorème de géométrie, on lui a refusé le nom de géomètre ; auteur d'une théorie des voûtes approuvée par les meilleurs juges, on lui contestait le titre d'ingénieur, et comme il avait négligé le calcul des perturbations, j'ai même entendu dire que, comme astronome, il n'était pas théoricien. Nous pouvons en conclure sans nous tromper qu'il était mieux que tout cela.

Lamé et Poncelet ont examiné successivement deux mémoires de Villarceau sur la théorie des arches de pont, et demandé pour eux la plus haute approbation de l'Académie. Poncelet, comme pour doubler le poids déjà si grand de son opinion, a fait précéder son rapport sur le second de ces mémoires, par une étude complète sur l'histoire déjà longue et non encore terminée aujourd'hui de ce problème si difficile à résoudre qu'il n'est pas même facile à énoncer.

Quand une voûte porte sans fléchir les poids qui la chargent, que se passe-t-il dans son intérieur? quels sont les efforts de chaque voussoir pour repousser ceux qui le pressent et renverser les culées? Le frottement joue un rôle, la compressibilité n'est pas indifférente, l'incertitude de ces forces élémentaires embarrasse l'étude de leurs résultantes. Quand une arche de pont a résisté à une première épreuve et que les charges n'augmentent pas, quelle est l'arme du temps pour la détruire? Villarceau ne suppose pas le pont construit et sans se placer même comme on l'avait fait avant lui, en présence d'un projet qu'il faut juger, il prend pour inconnues, c'est là la nouveauté de son travail, les meilleures dimensions à adopter.

Villarceau, par son petit patrimoine et par la simplicité de ses goûts, était dispensé, comme autrefois Descartes, de faire de la science un métier. Content d'avoir produit des idées utiles, il laissa à d'autres le soin de les appliquer. Jamais il n'a construit de ponts.

Un homme excellent, Lambert Bey, brillant élève de notre École polytechnique, avait, sous le beau ciel de l'Égypte, dirigé vers l'étude des astres les pensées du jeune Yvon. Changeant une fois encore de direction, le lauréat du Conservatoire, diplômé comme mécanicien, et inventeur d'une belle théorie des voûtes, fit de l'astronomie le but définitif de ses efforts.

Ses premières recherches sont relatives à l'orbite des planètes.

Ici, comme dans la théorie des ponts, d'attentives réflexions sont nécessaires pour comprendre l'énoncé du problème. On aperçoit une planète, la direction du rayon visuel est seule connue : on peut la supposer à toute distance. Les observations, si nombreuses qu'elles soient, comme elles ne sont jamais simultanées, ne peuvent faire connaître de triangle dont la planète soit le sommet. Le problème semble insoluble.

L'orbite, heureusement, est en grande partie connue à l'avance. Soumise aux lois de Képler, la planète parcourt d'une marche régulière une ellipse dont le soleil est le foyer. Le nombre des inconnues se réduit à cinq. Trois observations auxquelles on adjoint les temps qui les séparent peuvent fournir les cinq équations nécessaires. Gauss, toujours rigoureux et précis, n'en a pas supposé davantage. Le zèle des astronomes multiplie les données; les documents sont surabondants, mais l'embarras des richesses n'est jamais un mal sans remède, il faut en profiter, si l'on peut. Tel est le problème résolu par Villarceau; il n'était pas nouveau, mais son analyse fut remarquée. L'Académie des sciences ordonna l'insertion de son mémoire dans le recueil des savants étrangers, et Arago, sur le jugement qu'on faisait de lui, offrit au jeune savant une place d'élève à l'Observatoire : il croyait appeler un calculateur. C'est à l'observation que le nouvel astronome

voulut s'appliquer d'abord. Tout le préparait à y excel-
ler. Ouvrier dès son enfance, il devinait toutes les déli-
catesses des instruments ; un rapide coup d'œil lui mon-
trait les obstacles, il était prompt à les écarter ; son
oreille, exercée aux quadruples croches, divisait la seconde en dix parties égales, et pour l'exactitude des
angles, confiant dans la théorie des moyennes, il ne met-
tait aucune limite à ses ambitions qui doublaient presque toujours, triplaient quelquefois, la durée de ses
recherches. Mais quand il avait observé toute la nuit,
Villarceau calculait tout le jour : la moisson scientifique
était double.

Les travaux de Villarceau sont nombreux, il nous faut
abréger et supprimer.

Les étoiles doubles l'ont occupé à plusieurs reprises : il
en a perfectionné, simplifié et souvent appliqué la théorie.
Le problème consiste, comme celui de l'orbite des planètes,
à déterminer l'orbite d'une étoile qui se déplace, l'inconnue est la même, mais les données sont très différentes.

Quand nous étudions une planète, nous tournons comme
elle autour du soleil, le déplacement connu du point de
vue devient une des ressources du problème.

En présence d'une étoile nous restons immobiles. Les
chétives dimensions de notre orbite sont tenues pour
nulles. Les observations, fussent-elles séparées par un in-
tervalle de six mois, sont faites du même point ; les soixante-
douze millions de lieues parcourues par la Terre ne valent
pas qu'on en tienne compte. Le Soleil qui fait tourner
l'étoile n'est pas le nôtre, rien ne signale le lieu du foyer.
Les temps sont longs, les angles petits. Le problème est

beau et difficile. Savary l'avait résolu, sans faire d'application certaine. Villarceau a simplifié et étendu la solution et obtenu, en appliquant ses formules, des résultats presque certains : c'est beaucoup sur un tel sujet.

Les inégalités du sphéroïde terrestre sont un sujet d'étude infini : la trace laissée par Villarceau est profonde.

La Terre est ronde et aplatie aux pôles, les méridiens sont des ellipses, l'équateur un cercle.

Tels sont les résultats d'une première approximation. Quand on regarde de plus près, ni les méridiens ne sont des ellipses, ni les parallèles ne sont des cercles.

Les opérations, a dit Fontenelle en parlant de la géodésie du XVIIIe siècle, ne demandent pas une fine théorie, mais une grande adresse et une grande sûreté à opérer. L'adresse s'est accrue, les instruments se sont perfectionnés et la théorie, pour n'être pas vaincue, a dû réunir ses plus fines ressources.

Les montagnes et les vallées sont hors de cause. Leur définition géométrique passerait de bien loin les ressources de la science mathématique. La surface du globe, bossuée en tous sens, n'est pas celle que la science aspire à connaître : un tel problème serait sans espoir. Les formules supposent tout nivelé, la surface inconnue est perpendiculaire au fil à plomb. Telle est sa définition.

Chaque point, pour ainsi dire, présente une singularité. Villarceau les a poursuivies sur toute la surface de la France avec une persévérance admirable et une sagacité plus admirable encore.

Puissant avait conclu des mesures connues de son temps que les deux parties de la France, séparées par le méridien de Paris, appartiennent à deux ellipsoïdes différents, l'un allongé, l'autre aplati.

Tout était donc remis en question : il fallait découvrir le secret de ces anomalies et, avant tout, en constater la réalité. C'était une grande entreprise. Le télégraphe électrique vint heureusement faire disparaître toute inquiétude sur la partie la plus difficile du problème : la détermination des longitudes.

On peut, sans connaître la forme du globe, j'oserai dire, et sans s'en soucier, déterminer la longitude et la latitude de chaque point. La longitude est donnée par la détermination de l'heure : connaître la différence des heures au même instant en deux points différents, c'est connaître la différence des longitudes. La détermination semble facile : une montre réglée à Paris avance ou retarde par rapport à celle d'un autre observatoire, la différence mesure celle des longitudes. Si l'étoile qui passe à minuit au méridien de Paris passe à minuit 9′20″ à celui de Greenwich, la différence des longitudes est 2°22′14″; mais un chronomètre n'est jamais parfait; les méthodes astronomiques fondées sur l'observation de la lune et des étoiles voisines n'atteignent jamais non plus la perfection que l'on veut sans limite. Les signaux électriques aujourd'hui satisfont les plus exigeants. Régler une montre en un point donné est pour les astronomes un problème facile. La communication instantanée de deux observatoires permet la comparaison, le problème aujourd'hui est parfaitement résolu ; personne n'y a plus contribué que Villarceau.

La latitude est la distance du pôle à l'horizon. Un astronome, muni de bons instruments, n'a sur elle aucune inquiétude.

Lorsque pour chaque point du globe la latitude et la longitude sont connues, on peut sur la terre supposée sphérique marquer exactement toutes les places : ainsi font les géographes; ils s'exposent, s'ils opèrent avec rigueur, à d'inacceptables contradictions.

Disons immédiatement la plus choquante. Il arrive non loin de Moscou, qu'en marchant vers le Nord sur un même méridien on voit la latitude diminuer, de peu, bien entendu, et pendant peu de temps, mais le fait est certain.

Les points d'une même contrée s'enchaînent par des triangles dont ils sont les sommets : on calcule les triangles, et leurs dimensions font connaître, si la forme du globe est connue, les longitudes et les latitudes : toute différence révèle une anomalie.

Villarceau, dans la discussion de ces problèmes, a montré plus que de l'habileté.

Toute discordance peut s'expliquer de deux manières : ou la surface terrestre est irrégulière, ou les observations sont imparfaites. Villarceau qui, recommençant dix, vingt et même trente fois chaque mesure, avait plus que personne le droit d'écarter la seconde hypothèse : il n'en a pas moins donné pour prononcer une règle remarquable et précieuse. Le théorème de Villarceau sur les attractions locales est indépendant du nombre, de la grandeur et de la position des masses troublantes. Si la relation qu'il fait connaître n'est pas vérifiée, il n'y a pas d'explication à chercher, les mesures sont fautives; si la vérification réussit, par une raison contraire, on peut avoir confiance, l'accord fortuit de mesures inexactes n'est pas un accident qu'on puisse craindre.

Les discordances sont petites, il faut autant d'habileté pour les découvrir que de conscience scientifique pour en tenir compte. La célèbre discordance d'Evaux s'élève à 7 secondes : c'est la différence entre les latitudes d'un petit village des Vosges successivement déduites de mesures très certaines et de triangulations irréprochables. Sept secondes représentent 200 mètres : l'incertitude qui fait scandale représente la courbure de l'eau à la surface d'un bassin circulaire parfaitement tranquille, de 100 mètres de rayon.

Les études de Villarceau sur les chronomètres n'ont pas exercé une influence proportionnée à la science qui s'y révèle et au long travail qu'ils ont exigé.

Les calculs s'adressent à ceux qui utilisent les chronomètres, non aux constructeurs. Villarceau étudie les causes perturbatrices et le moyen d'en amoindrir l'influence. Les défauts sont tenaces, Villarceau veut les utiliser, non les corriger. Il les représente par une formule. Un cas connu de tous est celui d'une avance proportionnelle au temps. Si la montre avance, par exemple, d'une seconde par jour, d'un dixième de seconde en deux heures vingt-quatre minutes, de dix secondes en dix jours, la correction résulte d'une règle de trois et l'instrument est parfait.

Villarceau, acceptant une idée déjà proposée avant lui, sans cependant s'accorder entièrement avec ses prédécesseurs, applique aux variations les théories générales de l'analyse infinitésimale et représente la marche d'une montre par la formule de Taylor. La raison en est simple, la formule de Taylor représente toutes les fonctions. Il faut cependant faire quelques réserves. Tout accident, petit ou grand, change les fonctions, par conséquent la série, et les accidents sont toujours à craindre.

Villarceau suivait jusqu'aux dernières limites les conséquences de ses formules : aucune discordance n'était tolérée. Toutes les vérifications devaient réussir et réussissaient, car il recommençait tant qu'il pouvait rester un nuage.

Villarceau portait dans ses travaux mécaniques la même persévérance, la même habileté, la même passion d'exactitude.

Dans ses études sur les régulateurs de vitesse, il a lutté d'habileté et de précision avec l'excellent constructeur Louis Bréguet, notre regretté confrère et son collègue au Bureau des longitudes, qui, dirigeant lui-même ses meilleurs ouvriers, suivit, en montant l'appareil, la comparaison minutieuse des faits avec les détails de calcul.

Tout est réglé. La machine est en marche : Villarceau tient le chronomètre, Bréguet suit le compteur des tours : le chiffre prévu est dépassé. On recommence en échangeant les rôles : même déception. Le doute n'est plus permis; on essaie encore cependant, la vitesse annoncée n'est pas obtenue. Je suis certain, dit Bréguet, d'avoir scrupuleusement suivi vos chiffres. Villarceau emporte les calculs, recommence tout, sans trouver une faute. C'est à Bréguet de reviser son travail; chaque pièce est mesurée et pesée, tout est en règle. La théorie serait-elle en défaut? C'est la dernière hypothèse à admettre. Villarceau se souvient qu'il est ouvrier, il démonte tout et découvre une tête de vis un peu plus grosse que les autres; il donne quelques coups de lime, remet les pièces en place, et l'épreuve réussit.

Ce beau problème des régulateurs de vitesse qui, en présence de résistance et de puissance variables, imposent à l'instrument une vitesse constante, avait été résolu par Foucault; mais jamais l'éminent inventeur n'avait obtenu ni cherché une aussi complète perfection. On peut, dans leur rencontre sur le terrain commun, observer la différence des esprits.

Foucault n'aimait pas les chiffres. Perfectionner la théorie, mettre les principes en lumière était le but constant de ses efforts. C'était aussi le but de Villarceau, mais les mêmes mots pour eux n'avaient pas le même sens. Foucault, pour comprendre les causes, voulait abréger la route qui les sépare des effets obtenus. A quoi bon abréger? disait Villarceau, quand l'algèbre s'en est emparée, le résultat nous appartient, le calcul des formules est un plaisir de plus.

Les juges sévères, Villarceau en a toujours rencontré, trouvaient son algèbre sans élégance. Si le reproche a un sens, il est certain qu'il le méritait.

Après plusieurs candidatures malheureuses, l'Académie des Sciences le nomma le 19 juin 1867.

S'il a souffert de voir son mérite méconnu, les réunions qui préparent les élections et n'ont de secret que le nom lui ont apporté de précieuses consolations. Les jugements les plus flatteurs venus de haut et fortement motivés se produisirent chaque fois en sa faveur.

Un des doyens de notre Académie, il y a de cela vingt-

cinq ans, reçut le lendemain d'une élection la première
visite du concurrent heureux de Villarceau, savant de grand
mérite — nos élus le sont toujours, — auquel, en toute
circonstance, il avait depuis longtemps témoigné le plus
affectueux intérêt. Sans attendre les remerciements qu'il
ne méritait pas, notre vieux confrère, pressant les mains
du nouvel élu, lui dit : « J'ai voté selon ma conscience pour
votre concurrent Villarceau » ; il ajouta d'une voix émue :
« Le résultat est suivant mon cœur. »

Cette anecdote qui rappelle le souvenir de trois de nos
confrères, semble mieux placée dans l'éloge de Villarceau
que dans celui des deux autres.

Villarceau a été marié deux fois et dans ses deux unions
il a trouvé et rendu le bonheur.

Mme Villarceau, la compagne de ses premiers travaux, avait
su, sous sa direction, comprendre ses recherches et s'y
associer. Nous le savions tous. Villarceau, pour l'apprendre
aux astronomes de l'avenir, a pris un moyen infaillible. En
tête de l'un de ses plus beaux mémoires, il a inscrit le témoi-
gnage impérissable désormais de sa reconnaissance.

« Les formules sur lesquelles repose ma méthode ont été,
« dit-il, l'objet de plusieurs applications numériques, qui
« ont été exécutées par Mme Yvon-Villarceau, après qu'elle
« en avait elle-même vérifié l'exactitude analytique : la plu-
« part de nos confrères de France et de l'étranger ont pu
« apprécier le dévouement aux intérêts généraux, et à ceux
« de la science en particulier, dont elle n'a cessé de donner
« les preuves ; ils comprendront le sentiment qui m'a dicté
« la dédicace placée en tête de ce mémoire. Il est utile
« d'augmenter la liste encore peu nombreuse des femmes

« qui, par leur collaboration active et dévouée, ont con-
« tribué aux progrès de la science. Aux noms de Mme Le-
« paute, de Caroline Herschell et de Miss Mitchell, les
« astronomes ajouteront celui de Mme Yvon-Villarceau. »

Paris. — Typographie de Firmin-Didot et Cie, impr. de l'Institut, rue Jacob. 56. — 23599.